Et qu
le mé

À tous ceux qui aident à la maison.

Gusti et Ricardo

Titre original :
¿ Quién ayuda en casa ?

Publié en Espagne par Editorial Luis Vives (Edelvives),
pour la première édition, en 1990.

Ricardo ALCÁNTARA est uruguayen. Il vit à Barcelone et a obtenu, pour son œuvre, dans le domaine de la littérature enfantine, le prix Lazarillo. Il se sent proche des enfants et sait leur écrire des histoires pleines de tendresse qui les aident à se "sentir grandir".

GUSTI est l'illustrateur complice de Ricardo Alcántara. Ses dessins insolents, drôles, sont des clins d'œil attendris au texte.

ISBN : 2-266-06214-X

Ricardo Alcántara

Et qui fera le ménage ?

Traduit de l'espagnol
par Pascale Berthier

Illustrations de Gusti

Jacinto sortait du bureau à cinq
heures et se dépêchait de rentrer
à la maison.

À peine avait-il ouvert la porte qu'il
s'exclamait tout essoufflé :

– *Ouf ! Quelle journée !*
Je suis épuisé !

Et sans autre commentaire,
il se laissait tomber
dans un des fauteuils du salon.

– *Bonjour !* lui lançait Rosa,
sa femme, tout en continuant
à faire la vaisselle,
ou à repasser,
ou à coudre,
ou à balayer, ou...

Pablo, lui, se précipitait vers son
père, et s'affalait dans l'autre
fauteuil en soupirant bruyamment.

Plus rien ne pouvait
les faire bouger de là.

De temps en temps,
ils appelaient Rosa :

— Maman, donne-moi un Coca.
Bien frais, surtout !

— Rosa, apporte-moi quelques
olives ! Et quelque chose à boire.
Je meurs de soif !

Rosa les servait sans rien dire,
mais elle marmonnait dans son coin :

– Quelle bande de fainéants !

Ils ne quittaient pas leurs fauteuils
de toute la soirée.

Mais ne croyez pas qu'ils allaient se
coucher le ventre vide. Loin de là !

À l'heure du dîner, Rosa leur
préparait un repas que le père
et le fils mangeaient comme deux
gros paresseux, en regardant
la télévision.

Lorsque l'émission leur plaisait,
ils criaient en chœur :

— *Rosa, viens voir, dépêche-toi,
regarde comme c'est drôle !*

Rosa passait la tête par la porte
de la cuisine et jetait un coup d'œil.

– Hum, hum, faisait-elle sans
enthousiasme, puis elle retournait
à ses tâches ménagères.

Mais un jour, alors qu'elle traversait
le salon, la planche à repasser
sous le bras, elle fut attirée par
une publicité télévisée.

On y voyait des plages désertes,
des paysages merveilleux...

... Et surtout, on y parlait d'hôtels
fabuleux où le vacancier n'avait
plus à se préoccuper de rien !

"De rien !"
répéta Rosa, incrédule.

L'annonce se terminait
par un vibrant appel :

– N'hésitez plus.
Venez donc à Ibiza !

– Oh oui !
Moi aussi, je veux aller à Ibiza,

murmura Rosa,
les yeux brillants d'envie.
Alors, elle fit quelque chose
de très surprenant : elle abandonna
sa planche à repasser au beau milieu
du salon et se planta dans
un fauteuil, face à la télévision.
Elle était sûre que la publicité
allait repasser.
Elle ne voulait surtout
pas la manquer.

Pablo et Jacinto la regardèrent,
totalement ahuris.

— Qu'est-ce qu'elle a?
demanda Pablo.

— Je ne sais pas, je ne sais pas...,
répondit Jacinto,
visiblement troublé.

Rosa, elle, fixait toujours l'écran,
les yeux de plus en plus écarquillés.

Enfin, oh joie ! l'annonce passa
une seconde fois, comme prévu.

Avec un soupir de plaisir, elle
s'imagina étendue sur une plage
déserte, en train de se faire dorer
au soleil.

Cela lui fit l'effet
d'une potion magique.
Elle se redressa brusquement
et s'écria en gesticulant :

– Je veux aller à Ibiza !

– Pour quoi faire ?
lui demanda Pablo.

– Pour ne rien faire.

– Tu t'ennuierais.
Crois-moi, dit Jacinto.

– Eh bien, justement.
Pour une fois,
j'ai envie de m'ennuyer.

– Ne sois pas stupide.

Et puis, les vacances, tu sais bien :
c'est à la campagne qu'on les passe.

– Oui, là-bas on s'amuse bien,
ajouta Pablo.

– Eh bien, pas moi ! explosa Rosa.
À la campagne, j'ai encore plus
de travail qu'à la maison !

Jacinto haussa les épaules
d'un air agacé.
Pablo, comme souvent,
imita le geste de son père.

Et on en resta là.
Pablo et Jacinto se réinstallèrent
devant leur téléviseur.
Rosa s'en retourna faire la vaisselle.

Mais elle continua à penser
à ce voyage, un petit sourire
au coin des lèvres.

Cette nuit-là, elle rêva de paysages
merveilleux et de promenades
fantastiques.
Le lendemain, au réveil,
elle n'était plus la même...

— Si ça ne leur plaît pas,
tant pis, j'irai toute seule.

C'était la première fois qu'elle se
permettait d'avoir une idée pareille.

Mais plus elle y réfléchissait,
plus cela lui plaisait.

Elle désirait vraiment passer
quelques jours sans rien faire
d'autre que se reposer.

"Quitte à ce que je meure
d'ennui", se dit-elle,
bien décidée à mettre
son plan à exécution.

Ce matin-là, elle attendit
que Jacinto parte à son travail
et que Pablo soit à l'école.
Alors, d'un pas résolu,
elle sortit à son tour.

Le cœur battant, elle entra dans une
agence de voyages.

– *Bonjour ! Vous désirez ?*
lui demanda un employé.

– *Un billet pour Ibiza,* dit Rosa.

– *Quand voulez-vous partir ?*

– *Euh…*
Elle hésita une seconde
puis répondit d'une voix ferme :
– *Le plus tôt sera le mieux.*

– Que diriez-vous de... vendredi ?

– Parfait, affirma Rosa,
tandis que son ventre gargouillait,
comme si elle était déjà dans l'avion.

Dès cet instant, Rosa ne pensa
plus qu'à son voyage. Elle en
oublia même de préparer
le goûter de Pablo.

–*C'est très étrange,* s'étonna
le garçon, en rentrant de l'école.

Cependant, il n'était pas
au bout de ses surprises.
Un peu plus tard, vautré sur
le fauteuil à côté de son père,
il appela :

–*Maman, apporte-moi des
gâteaux !*

–*Rosa, donne-moi une bière !*
ajouta aussitôt Jacinto.

Rosa ne réagit pas. C'était comme si elle ne les entendait pas.

Ils durent insister pour qu'elle sorte enfin de son rêve et revienne à la réalité.

Le père et le fils ne firent
aucune réflexion,
mais ils se regardèrent
d'un air perplexe.

Quelque chose
ne tournait pas rond
dans cette maison.

À l'heure du dîner,
Rosa leur confirma
qu'ils avaient raison
de s'inquiéter.

Elle leur annonça d'un ton anodin :

— Je pars vendredi à Ibiza.

Tous deux bondirent,
comme des ressorts.

– Mais nous ne sommes pas
en vacances !
s'exclama Jacinto.

– Impossible !
Vendredi j'ai classe.
On ne peut pas partir !
protesta Pablo.

– J'ai dit : " Je pars… ",
déclara vivement Rosa,
avant d'ajouter :
… seule, me reposer.

Et le vendredi, comme prévu,
elle partit pour l'aéroport,
avec ses deux valises.

Pablo et Jacinto en restèrent
la bouche ouverte,
incapables de prononcer un mot.

— Et maintenant, que fait-on ?
voulut savoir Pablo.

Ils n'avaient pas le choix,
ils devaient s'occuper d'eux-mêmes
et de la maison.
Très vite, ils comprirent
la difficulté de la tâche.

Ce jour-là, comme d'habitude,
Jacinto rentra du travail, épuisé.

— Bonjour, dit-il,
tout en se laissant tomber
dans son fauteuil.

Pablo était déjà installé dans le sien.

Il ronchonna :

– J'ai faim. Je n'ai pas encore
eu mon goûter.

– Écoute, débrouille-toi.
Je suis crevé ! Au fait, si tu vas
à la cuisine, rapporte-moi
un verre d'eau.

– Pas question !
protesta Pablo,
sans bouger.

Ils restèrent affalés
dans leurs fauteuils.

Mais la faim les tenaillait.
Au bout d'un moment, n'y tenant
plus, ils se levèrent à contrecœur,
pour aller à la cuisine.

Là, ils se sentirent tout bêtes.
Ils ne savaient pas où étaient
rangés les olives, le sucre
et le reste...
Pour tout dire ils n'avaient
aucune idée de rien !

Du coup, ils décidèrent
d'aller goûter
dans un café.

À l'heure du dîner,
ils retournèrent
au café,
et le lendemain
à midi, et...

... ainsi de suite, car ils étaient tous deux incapables de préparer le moindre repas.

Quand ils n'eurent plus ni une chemise propre ni un caleçon à se mettre, ils essayèrent de faire marcher la machine à laver le linge.

Là... ce fut l'inondation !
Ils firent tout leur possible pour arrêter les dégâts. Sans succès !

Finalement, ils furent obligés de porter leur linge sale à la laverie.

Tout allait vraiment de travers.

Et comble de malchance,
la télévision, elle aussi,
tomba en panne.

– *Ahh… non, pas ça !*
se lamenta Jacinto.

– *Quand maman revient-elle ?*
gémit Pablo.

– *Dans cinq jours,*
lui répondit son père.

Cinq jours !
Autant dire une éternité !

Sans Rosa, ils se sentaient perdus
et désemparés. Ils auraient donné
n'importe quoi pour qu'elle soit déjà
de retour à la maison.

– Je ne veux plus
qu'elle s'en aille,
dit Pablo d'une voix triste.

Alors le père et le fils
se dévisagèrent gravement.

Ils étaient décidés à faire quelque
chose pour que Rosa ne les quitte
plus jamais.

Oui, mais ... quoi ?

– *Si... on l'aidait pour*
qu'elle ne soit plus aussi fatiguée,
déclara Pablo.

Le visage de Jacinto s'éclaira,
comme sous l'effet d'une révélation.

Il approuva avec enthousiasme :

— Absolument !
Mettons-nous tout de suite
au travail.

Aussitôt dit, aussitôt fait.

Lorsque Rosa rentra de voyage, elle surprit Pablo en train de balayer le salon tandis que Jacinto essuyait la poussière sur les meubles.

Devant un spectacle aussi insolite, elle crut s'être trompée de maison et fit mine de partir.

Jacinto et Pablo l'en empêchèrent
en se précipitant sur elle,
les bras grands ouverts.

– *Maman !*

– *Rosa !* s'écrièrent-ils tout émus.

– *Arrêtez, vous m'étouffez !*
s'exclama Rosa.

Mais ils continuaient à la serrer.
Ils ne voulaient plus la lâcher. Elle
ne s'attendait pas à un tel accueil.

Elle n'imaginait pas non plus que,
à dater de ce jour, Pablo et Jacinto
seraient toujours prêts à l'aider.

La vie à la maison
fut complètement transformée.
Et ce n'est pas tout :

Cet été-là, ils ne partirent pas
à la campagne.
Ils s'en allèrent tous les trois
passer des vacances de rêve
à... Ibiza, bien sûr !

Imprimé en France par Pollina, 85400 Luçon - n° 66770
Dépôt légal : janvier 1995